9785

ÉPITRE

A. M. L. P.

SUR MA RETRAITE.

ÉPITRE

A. M. L. P.

SUR MA RETRAITE.

Ami, tu prétends que j'imite,
En me retirant de ces lieux,
Le Diable qui se fit Hermite,
Quand il vit qu'il devenoit vieux.
Hé bien ! sans faire l'hypocrite,
Que pourrai-je faire de mieux ?

J'ai passé ma longue jeunesse
Dans la fougue des passions,
Dans les plaisirs & la paresse,
Sans soins, sans occupations :
N'est-il pas tems dans la vieillesse
De faire des réflexions ?

A ij

Je vois mon terme qui s'avance,
Et que je commence à vieillir ;
Les plaisirs de la jouissance
Sont pour ceux qui peuvent agir.
Que faire donc dans l'impuissance ?
Ou végéter, ou réfléchir.

Dans l'asyle où je me retire,
Je vais, avec d'aimables gens,
Du moins, en cherchant à m'instruire,
Tâcher d'employer mieux mon tems,
Et, revenu de mon délire,
Passer d'agréables momens.

Ce sont mortels d'un vrai mérite,
Ni fanatiques, ni cagots,
Possédant d'un bon Cénobite
Les vertus, & non les défauts ;
Chez eux je ne me fais Hermite
Qu'afin de m'éloigner des sots.

C'eſt-là que mettant en uſage
Et leur exemple & leurs leçons,
On eſpere devenir ſage ;
Et, ſi l'on n'acquiert la raiſon,
On a du moins cet avantage
Qu'on déraiſonne à l'uniſſon.

Ce n'eſt point par miſanthropie
Que j'ai conçu ce beau projet ;
Il faut ſortir de cette vie,
Comme un convive d'un banquet,
Remerciant la compagnie,
Et faiſant gaiment ſon paquet.

Je vois que ce monde m'ennuie ;
Je ſens que je dois l'ennuyer :
Par un peu de Philoſophie,
Je cherche à pouvoir étayer
Les derniers momens de ma vie,
Que je voudrois mieux employer.

J'ai fait un assez long voyage :
Si je m'en plaignois, j'aurois tort.
Je n'ai guere éprouvé d'orage ;
J'ai joui du plus heureux sort.
Je finis mon pélerinage,
Et je suis prêt d'entrer au port.

Je serois plus long-tems au monde
Sans apprendre rien de nouveau ;
On ne voit que le ciel & l'onde,
Quand on reste dans son vaisseau.
La vie est une place ronde,
Et j'ai fait le tour du cerceau.

Hier j'ai vu se lever l'Aurore,
Et le Soleil suivre son cours :
Demain je le verrois encore :
Tout est de même tous les jours ;
Et, pour les choses que j'ignore,
Je les ignorerois toujours.

Hé ! que veux-tu que je regrette
De ce monde qu'il faut quitter ?
Est-ce une maitresse coquette ;
Des amis faux pour nous flatter ?
Non, non ; tout ce qui m'inquiette,
C'est où d'abord je dois gîter.

C'est-là tout ce qui m'embarrasse ;
Cette ame qui me fait penser,
Où Dieu, par justice, ou par grace,
Sans mon corps, doit-il la placer ?
Nul Être de l'humaine race
N'est revenu nous l'annoncer.

Cependant elle est immortelle,
Selon la raison & la foi,
Cette ame : mais que devient-elle ?
Et que deviendrai-je après moi ?
Quelle inquiétude cruelle !
Grand Dieu, je n'ai recours qu'à toi.

A iv

Ainsi, caufant avec foi-même,
On traite des fujets divers ;
On fe forge plus d'un fyftême,
Comme tant d'autres, de travers ;
Ou l'on prend un plaifir extrême
A compofer de mauvais vers.

On trouve auffi dans ces afyles
Des gens d'efprit, des gens de bien ;
D'autres qui paffent pour habiles,
Et conviennent ne favoir rien :
Des livres qui, quoiqu'inutiles,
Contre l'ennui font un foutien.

Je me fais un plaifir d'avance
De vivre avec ces vrais Docteurs.
Je leur donne la préférence
Sur nos grands & petits Seigneurs,
Et fur ces Belles d'importance,
Que nous gâtons par nos fadeurs.

J'aime mieux nos tables frugales
Que celles de ces Financiers,
Voluptueux Sardanapales,
Qu'on aime pour leurs Cuisiniers :
On trouve dans leurs saturnales
Des mets fins & des cœurs grossiers.

D'ailleurs, devenu cacochyme ;
Mon estomac débilité,
Si j'en crois l'avis unanime
De la salubre Faculté,
Veut que j'observe un grand régime,
Et beaucoup de sobriété.

Une raison d'économie
Se joint à ce projet sensé ;
J'ai mangé le bien, en partie,
Que mes peres m'avoient laissé.
Je ne peux plus mener la vie
Que je menois au tems passé.

Ce n'est plus la saison de plaire ;
Rien ne sauroit plus me toucher :
La Reine même de Cythère
Vainement viendroit me chercher.
Il faut bien être sédentaire,
Lorsque l'on ne peut plus marcher.

Ainsi, quand je quitte ce monde,
Ce n'est que pour le prévenir.
Dans une retraite profonde
Je ne veux point m'ensevelir :
Mais, qu'on m'applaudisse ou me fronde,
Je crois avoir droit de choisir.

J'ai trop aimé la compagnie
Pour la quitter totalement :
Mais je la cherchois mieux choisie ,
Et j'ai trouvé parfaitement.
Du moins, en quittant cette vie,
Il faut en sortir décemment.

VERS

SUR LE MÊME SUJET,

A MADAME

LA MARQUISE

DE G***.

Quoi! C'eſt G***. qui t'inſpire
Ce projet de dévotion!
Cette Belle, à t'entendre dire,
Opère ta converſion.

Croirai-je, quand un Saint Antoine,
En la voyant, eût ſuccombé,
Qu'elle convertit un Chanoine,
Et ſanctifie un vieil Abbé....?

Le fait n'est pas trop vraisemblable,
J'en conviens : mais me nieras-tu
Qu'il n'est rien dont ne soit capable
La beauté jointe à la vertu :

Qu'elle a, pour convertir un Diable,
Tout autant de facilité
Que pour rendre un Ange coupable,
Malgré toute sa sainteté :

Que c'est une femme parfaite ;
Qu'en elle son mari trouva,
Et les graces d'une coquette,
Et les vertus d'une Honesta ?

F I N.